COUDRIN– l'enfant noir

PALAUD HERITAGE

CHAPITRE 1 VIDAGE DU GRENIER

OUFF Bon sang c'est quoi tous ces document
       PAR c'est tous les papiers pour les nombreux
héritage
PALAUD depuis des 'année je viens de les retrouver
       dans le grenier en tous cas notre famille était riche
en tous cas en franc la en euros on a baissé surtout

avec toutes les factures.SANS blagues
     .QUOI autant de richesse mais c'était en franc
quand je

pense que tout a été détruite à cause des repas
familiaux en tous cas la drogue et la violence suivie de

l'alcool consomme énormément a laissé pas mal de
ravage et de dettes en tous cas

heureusement que tous et payés.SÉBASTIEN PAS
contre on dirait le livret de famille.O MERDE LE RET en
tous cas a l'époque de la famille LE RET

ça ne devait pas étre WOUHA SEBASTIEN MERDE
autant de dcd en si peu de temps 79 bébés tous à

cause de la mort du nourrisson.
En tous cas c'est effrayant BASTIEN maintenant je

comprend pourquoi on ne voyaitpas autant nos tante
LE RET.CHOQUE émotionnelle elle était quant mêmes

des belles-garces.PAS faute surtout pour la mort de

grand-mère lorsqu'elles ont demandé à voir les relevés
de comptes.

CHAPITRE 2 ALBUM PHOTOS

WOUHA ça on dirait   les albums photos ALLOR
FAMILLE PALO LE RET PALAU et PALAUD EN tous

cas ça fait énormément d'album a regardé. ONT le
fait de toutes façons l'auberge et l'hôtel sont fermé

MAMAN et PAPA sont à la perche et dorment chez
MADELEINE PALAUD.

(2 heures plus tard)

ET tous cas les ancienne écriture sont énormément

mieux que celles de maintenant a l'époque ils
avaient bien moin de technologie mais avant

de sacrés talents ceux qui hésite
plus aujourd'hui en tous cas je suis ravie que

ces album ai survécu.BASTIEN on
devrais peut-être les scanner.Bonne IDÉE allons ici.

CHAPITRE 3 découverte horrifique

OOOOOO PUTAIN BASTIEN MERDE
MUDOUME SÉBASTIEN LE RET venez à

GHROUM

GHROUM

Vous Soyez au courant.WOUAH non je ne connais pas
ce document.MUDOUME A p'tit diable numéro 4 reste

la pénible aujourd'hui en tous cas ce document ne me

dit rien dommage que LK soit en Martinique avec

l'équipe FORMULE 1.L'ÉQUIPE PALAUD 2 et à la

réunion oui le poisson et de meilleur égalité en tous
cas.AUCUN DE NOUS 2 et au courant concernant

tous ces document BON p'tit diable numéro 4 je vais
te mettre en chemise de nuit oui tu et ingérable

aujourd'hui en plus tu et le seuils des 11 p'tit diables
à être puni.ENCORE lui en ce moment il passe

plus de temps dans les bras des adultes.
MAIS vous avez encore changé le système

pour les identifie.OUI BASTIEN ils sont insupportable
en ce moment dont on né obligé d'être à
3 adultes pas jours coup de chance p'tit

diable numéro 1 et 3 sont dans l'équipe FUSION
de la mort en ce moment ils sont le droits

de visite pour leurs jeunes ados qui
 sont en pleines crises adolescentes.

CHAPITRE 4 Discussion et scannés des photos
d'album

(MAMAN HAYYYYYYY MAMAN MAMAN)

ALLEE vient la toi oui certes nuit tu dors avec moi après
tu choisir sois SÉBASTIEN LE RET MUDOUME ou
BASTIEN PALAUD MAMAN OK on va au lit par contre

tu va au toilettes avant et pas de comédie tu sais ce qui
va t'arriver.

(2 heures plus tard)

EN tous cas vous savez vous faires entendre aver

les p'tit diables tous les 2 OUI on leur a précisé que les
rapport séxuélles c'est vraiment la dernière punition et

puis on discute pas mal avec eux ils faut dire que les
DIALETE parle énormément avec eux contrairement au

numéro 9 les 4 sont très joueurs en tous cas ils sont

pas près de s'ennuyer avec leurs coussins.BASTIEN dit-
nous tu pense que les 2 garçons sont vraiment les 2

DIALETES qui sont déclaré porté disparu ces photos ont
plus de 300 ans.ET alor vous avec plus de 700 ans.PAS

faut il et vrais que les extras terrés qui nous ont ai des
clowne on fait pour 1 fois tu travailles bien

CHAPITRE 5 réveil et calin

ALLEE debout p'tit diable numéro 4 et oui tu a dormir
sans couche tu sais que tu arrive a dormir sans couche

hormis avez MUDOUME et SÉBASTIEN LE RET ou tu a
besoin de couches.ET oui allée discrétion la dourche

par contre tu prend ta dourche en même temps que moi
ça ne change pas.

(50 minutes plus tard)

ALLEE non pas

de courche de toutes façons aujourd'hui tu ne recevra
aucun rapport séxuélle comme punition et oui tu reste

toutes la semaines ici en tous cas tu es prié de tenir
tranquille

aujourd'hui uniquement tu pourra être désagréable à

partie d'après-demain allez ont va rejoindre MUDOUME
et SÉBASTIEN LE RET non BASTIEN et déjà levé et

oui il est très matinal contrairement à moi il se lève très
tôt et se couche très tard sur tous en ce moment.

CHAPITRE 6 GARDE IMPRÉVU

 LES PALAUD bonne nouvelles on retourne travaillé moi
et SÉBASTIEN LE RET on vous laisse p'tit diable

numéro 4 comme avez vous il se tient à carreaux et
ne porte pas de   couches on

vous le laisse 2 semaines la on rentre dans la saison
du pollens et des grippes et gastro-entérique.HUM HUM

on vous plaint mais c'est uniquement pour l'odeur en
tout cas on vous prévient   ci p'tit diable a ces

évacuation d'encre noir qui commence.AUCUNE
chance il la fait ya

2 semaines insict que tous les autres p'tit diables.LK

ÉTAIT très énervé heureusement qu'on lui a refait

toutes sa gare de robes.MAIS y a 10 ans vous ne lui avez pas

déjà refait toutes sa garde-robe.CI BASTIEN mais l'amour de notre vie avec qui ont na u 1 nouvelles

équipe composé que de filles et avec qui ont n'a été séparé pendant 8 ans on vient juste de la reconquerire

d'accord les filles reste avec l'équipe FORMULE 1 et aver MADELEINE PALAUD

CHAPITRE 7 balade en forêt

ALLEE p'tit diable numéro 4 pas contre aujourd'hui tu va apprendre à faires du roller et tu skateboard et oui mais

en forêt au moin personne ne se moquera de nous on

ne sait même pas en faires non plus NON NON STOP hum bonne idée de toutes façons ça fait 1 moment que

ça nous prend l'envie ALOR NON bon pique-nique OUI BASTIEN

 je te laisse prendre les paniers et toi p'tit diables on te

laisse prendre les bouteilles d'eau hein pas de comédie par contre on reste en forêt toutes la journée.PAS contre

tu utilise des jambes interdit de te téléporter si non tu va bosser à l'usine avez SÉBASTIEN

et MUDOUME LE RET et oui tu est prévenu on te prévient on ne te lâche pas de ce côté la en tous cas.

chapitre 8 arrivee des autres p'tit diables

GHROUM

ou la allée les p'tit diables du numéro 5 à 9 venez la sa

va aujourd'hui vous avez le droits de rester dehors en tous cas vous être fort franchement tout pour vous faire

remarquer courire cul-nu sur les plage de la martinique et de la guadeloupe et même sur ile de la réunion en

tous cas seul p'tit diable numéro 2 et rester tranquille pour 1 fois.NE parle pas tro vite.BASTIEN il et avec

l'équipe de SAMOURAÏS après je ne pense pas qu'il

puisse faires énormément de bêtise

vu comment l'équipe de SAMOURAÏS se comporte en
ce moment.STOP les p'tit diables vous resté tranquille

et demain vous pourrez vous balader cul-nu dans la
nouvelles zone aménagé rien que pour les naturiste

avec les borne d'arcade et oui ont a cédé à vaux
caprices par contre c'est la seule fois qu'on céde a vaux

Caprices attention vaux parent ont dit non dont vous
avez de la chance ils ne sont pas encore au courant.

CHAPITRE 9 ENFIN TRANQUILLE

OUF heureusement que ANUBIS BRAS DE MÉTAL et
BRAS DE FER adore jouer avec les borne

d'arcade pas contre je les plains ils sont 9 p'tit diables
mais ça va aller pour l'instant.BONJOUR CONTRÔLE

SURPRISE pas de problème
on vous prévient juste qu'ils ya 1 partie du bâtiment
    qui est pas destiné au public

RIEN

A FOUTRE

veillé nous faites visiter votre établissement dans les plus brefs délais.OK après vous.

(5 heures plus tard)

C'EST quoi cette zone réservé au naturiste.TRÈS simplement 1 pièces remplir de borne d'arcade
      on vient de finir de la rénover permet pour des raison

d'hygiènes ont a placé des caméra comme ça pas besoin de perdre du temps on vous précise que les

personne habillée travaille tous dans le médical dont aucun problème a déclaré à ce niveaux la les caméra

nous permette d'intervenir en cas de gros problème uniquement.

chapitre 10 résultat du contrôle

OUFF on et déclaré rien a signalé d'inquiétant on nous remercie d'avoires installé des caméra ça a permis de

gagner énormément de temps.BON pas contre ils sont

noté que c'est pas très correcte mais bon on ne leurs a

pas demandé de se foutre à poil.DONT 1 bon point en
tous cas on na la paix maintenant on respecte aussie le
fait d'avoir 1 lieux réserve pour les naturiste pas contre
on et mal vu à cause des caméra BASTIEN o moin on

On a eu la bonne nouvelle de ne pas être contraint de
fermer dont tu devrais mieux respirer.

CHAPITRE 11 PARTIE SUR PC RECALBOX

ALLEE BRAS DE FER Dit SÉBASTIEN PALAUD on
devrait éviter de drogués les 9 p'tit diables.O moin ils

dorme et font leurs 1 heures de sieste et puis on na pas
de relation séxuélles aver eux dont on peut s'imposer 1

pause sur tous qu'on travaille toutes les nuits depuis 4
semaines.DITON les gars vous pourriez nous attend en

plus BASTIEN arrive avec les goûtez lorsque les p'tit
diables sortiront de leurs sieste et en plus ils dorme

sans couches.OUI ici ils n'ont pas de relation séxuélles
histoire d'économiser des couches et des

change.OUFFF VOILÀ les glacières les gars ce soir ont

leurs fait leurs vidanges.SANS blagues pardon les gars

mais y'a pas le choix ça va ont les drogue histoires qu'ils dorme plus rapidement d'ailleurs SÉBASTIEN j'espère que tu a pas mis trop de tranquillisant dans leurs boissons.

CHAPITRE 12 CÂLIN DANS LA SALLE D'ARCADE

ALLÉE les 9 p'tit diables alor aujourd'hui pas

de jeux sur les raspberry pie ou sur les pc RECALBOX

aujourd'hui journée calins et pas de relation séxuélles même les membres de l'équipe FUSION DE LA MORT

(3 heures plus tard)

ALLEE direction la douches et oui les 9 p'tit diables 1 bonne dourches vous fera le plus grand bien et de

toutes façon on ne vous demande pas votre avis et puis ça va on vous a mis 1 piscine dans d'autres pièces

comme ça vous serez tous dans la piscine.MERCIE a MUDOUME et SÉBASTIEN LE RET qui ont eu la bonne

idée de nous offrire certe piscines allée dans la piscine

noté que c'est pas très correcte mais bon on ne leurs a

pas demandé de se foutre à poil.DONT 1 bon point en
tous cas on na la paix maintenant on respecte aussie le
fait d'avoir 1 lieux réserve pour les naturiste pas contre
on et mal vu à cause des caméra BASTIEN o moin on

On a eu la bonne nouvelle de ne pas être contraint de
fermer dont tu devrais mieux respirer.

CHAPITRE 11 PARTIE SUR PC RECALBOX

ALLEE BRAS DE FER Dit SÉBASTIEN PALAUD on
devrait éviter de drogués les 9 p'tit diables.O moin ils

dorme et font leurs 1 heures de sieste et puis on na pas
de relation séxuélles aver eux dont on peut s'imposer 1

pause sur tous qu'on travaille toutes les nuits depuis 4
semaines.DITON les gars vous pourriez nous attend en

plus BASTIEN arrive avec les goûtez lorsque les p'tit
diables sortiront de leurs sieste et en plus ils dorme

sans couches.OUI ici ils n'ont pas de relation séxuélles
histoire d'économiser des couches et des

change.OUFFF VOILÀ les glacières les gars ce soir ont

leurs fait leurs vidanges.SANS blagues pardon les gars

mais y'a pas le choix ça va ont les drogue histoires qu'ils
dorme plus rapidement d'ailleurs SÉBASTIEN j'espère
que tu a pas mis trop de tranquillisant dans leurs
boissons.

CHAPITRE 12 CÂLIN DANS LA SALLE D'ARCADE

ALLÉE les 9 p'tit diables alor aujourd'hui pas

de jeux sur les raspberry pie ou sur les pc RECALBOX

aujourd'hui journée calins et pas de relation séxuélles
même les membres de l'équipe FUSION DE LA MORT

(3 heures plus tard)

ALLEE direction la douches et oui les 9 p'tit diables 1
bonne dourches vous fera le plus grand bien et de

toutes façon on ne vous demande pas votre avis et puis
ça va on vous a mis 1 piscine dans d'autres pièces

comme ça vous serez tous dans la piscine.MERCIE a
MUDOUME et SÉBASTIEN LE RET qui ont eu la bonne

idée de nous offrire certe piscines allée dans la piscine

dans les autres pièces.NON l'équipe FUSION DE LA

MORT pas de relation séxuelles aver les p'tit diables
même dans la piscine et d'ailleurs demain soir faudra

leurs faires des vidanges et 2 suppositoires pour adultes
à chacun d'entre eux.

CHAPITRE 13 BALADE EN FORÊT

ALLEE debout les p'tit diables et oui aujourd'hui balade
en forêt toutes la journée BONNE ANNIVERSAIRE les

frères PALAUD et oui on sait c'est le 20 et 21 mars de
chaque année mais o moi non na pensé à vous le dire

et cette fois on c'est amélioré care on n'a pas oublié de
vous le dit

(1 heures plus tard)

SURPRISE WOUHA   mais vous

s'être fous ma parole en
tous cas vous hésité pas

à en remettre des solution
pour tout nettoyer après

GHROUM

oui c'est nous qui l'avons votre salle arcade et d'ailleur
vous avez oublié 1 détaille équipe PALAUD les p'tit

diables et leurs parent discuter en wifi dont on est au
courant de tous ceux qui se passe

 CHAPITRE 14 MÉTHODE ACCEPTE

BON les PALAUD on vous prévient on valide votre
méthode pas contre les tranquillisant on vient

d'apprendre que vous les tranquillité certains après-
midi.Oui SÉBASTIEN LE RET uniquement quand

on n'a pas d'autres choix.JE vois ils sont sympathique
mais certaine après-midi je vous l'accorde même nous

ont est obligé de trouver des solution pour tous les gérer

(5 minutes plus tard

après des explication claire et précise) OK dont votre méthode et étonnant mais si ça fonctionne alor ya pas le

choix je vous donne les autorisation en tout cas c'est bien dommage que vous ne leurs faites pas des

attouchement ou des rapport

séxuélle MUDOUME on les vidanges tous les 72h il me semble que LK vous a faires pas mal de rappelle à

l'ordre a ce niveaux là dont tes conseils ou tes critiques ne sont pas les bienvenu excuse moi de te remettre en

place mais 1 moment Il faut bien que tu assumes ton rôle de père.

CHAPITRE 15 SORTIE À LA PISCINE

ALLEE équipe LE RET il est temps que vous testiez votre piscine c'est bien de nous l'avoire offerte mais

l'utiliser c'est mieux.OK OK ON te prévient on na pas de maillot de plage.ON VOUS interdit d'avoires des relation

séxuélles avec les p'tit diables chez vous faite ce que vous voulez mais pas ici y compris les suppositoires par

contre si vous veules les vidangés aucun problème pas
avant 17h30 et oui après le goûter c'est plus

    facile et puis si ils sont infernaux ont vous autorise a
avoires des relation séxuélles bien entendu ceux qui

subisse les relation séxuélles n'ont pas de vidanges ils
seront vidangés avant d'aller au lit et 2 suppositoires
pour adultes.

CHAPITRE 16 VIANDE ROUGE

ALLEE les 9 p'tit diables à table et oui vous mangé
avant comme ça ils ya pas de raison de faires des

comédie et en plus vous avez de la chance viandes
rouges a table avec des frites et après vous passer des

radios dentaires je trouve que vous mangez très peu de
bonbons en ce moment et oui on vous connais assez

allée bonne appétit et attention vous mangé
correctement si ont vous vois jouer avec de la nourriture

ça va mal aller on vous prévient

(2 heures plus tard)

A je vois que j'avais raison BASTIEN oui.TU A le produit
spécials pour p'tit diables avec des dents cassée oui on

plus j'ai MUDOUME et SÉBASTIEN LE RET devant moi
et super énervé, on arrive

CHAPITRE 17 BLEU

A WOUHA MUDOUME

GHROUM

 MERDE SÉBASTIEN LE RET OU la a encore 1
infection en tous cas 1 belle   bon on va devoir

l'emmener à la clinique heureusement P 'tit cons c'est
du feutre rouge et oui p'tit diable numéro 6 le feutre

coule quand tu transpire pas très intelligent hein tout ça
pour éviter de rentrée à séné avec nous ce né pas pas

ceux que ont a vendu la clinique JEANNELLE LE RET
ET JEANNE LE RET ont a vendu les nom des

entreprise mais on reste propriétaires des locaux et en
plus les nouveaux propriétaire on certe changé le nom

mais c'est toujour nous qui somme propriétaire du terrain.

Composition de couverture COUDRIN

DÉPÔT LÉGAL: 1 decembre 2022

A je vois que j'avais raison BASTIEN oui.TU A le produit
spécials pour p'tit diables avec des dents cassée oui on

plus j'ai MUDOUME et SÉBASTIEN LE RET devant moi
et super énervé, on arrive

CHAPITRE 17 BLEU

A WOUHA MUDOUME

GHROUM

 MERDE SÉBASTIEN LE RET OU la a encore 1
infection en tous cas 1 belle   bon on va devoir

l'emmener à la clinique heureusement P 'tit cons c'est
du feutre rouge et oui p'tit diable numéro 6 le feutre

coule quand tu transpire pas très intelligent hein tout ça
pour éviter de rentrée à séné avec nous ce né pas pas

ceux que ont a vendu la clinique JEANNELLE LE RET
ET JEANNE LE RET ont a vendu les nom des

entreprise mais on reste propriétaires des locaux et en
plus les nouveaux propriétaire on certe changé le nom

mais c'est toujour nous qui somme propriétaire du terrain.

Composition de couverture COUDRIN

DÉPÔT LÉGAL: 1 decembre 2022